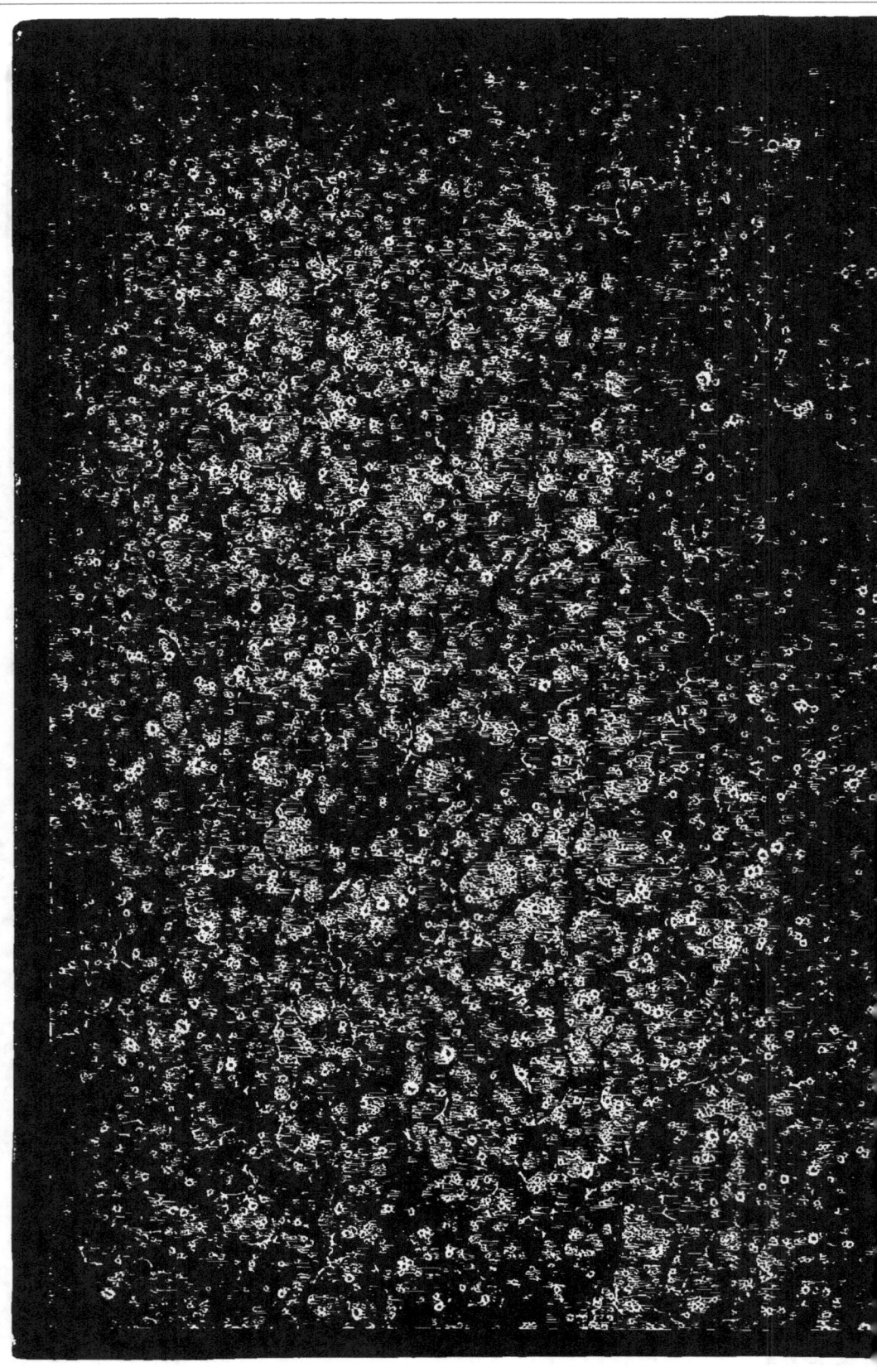

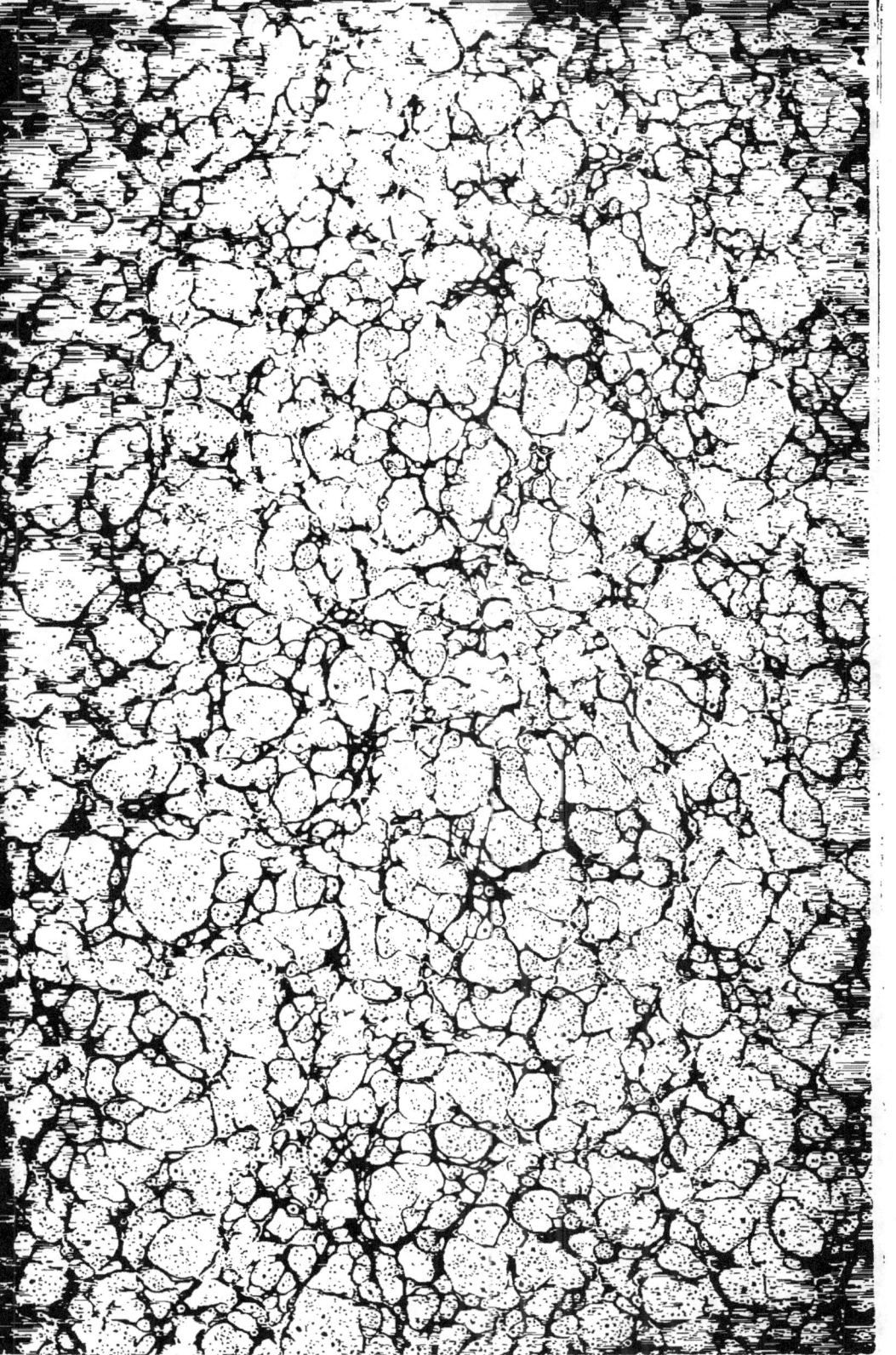

EUGÈNE MONNIER

LA

MAISON DE BALZAC

CE QU'ELLE ÉTAIT
CE QU'ELLE DEVAIT ÊTRE

PARIS
ALPHONSE LEMERRE, ÉDITEUR
27-31, PASSAGE CHOISEUL, 27-31

M DCCC LXXXIV

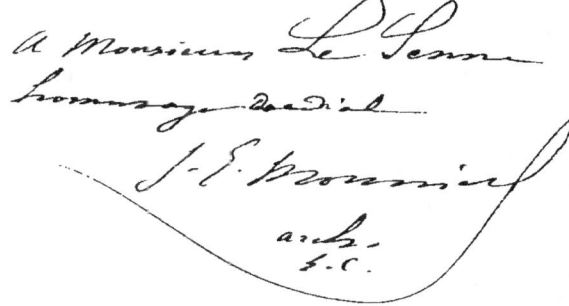

LA MAISON DE BALZAC

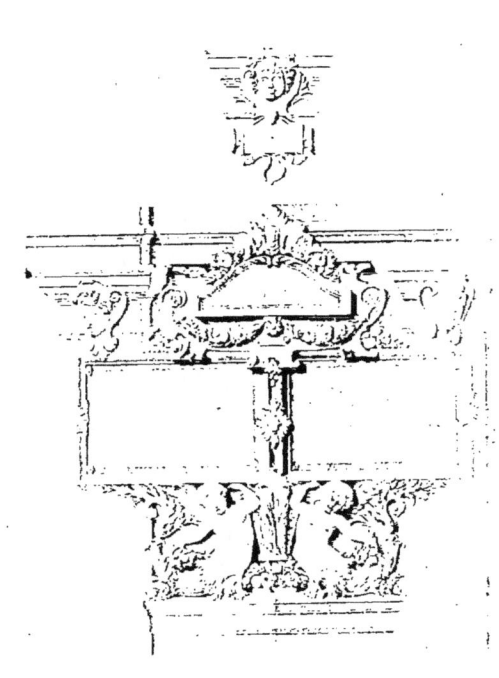

EUGÈNE MONNIER

LA

MAISON DE BALZAC

CE QU'ELLE ÉTAIT

CE QU'ELLE DEVAIT ÊTRE

PARIS

ALPHONSE LEMERRE, ÉDITEUR

27-31, PASSAGE CHOISEUL, 27-31

M DCCC LXXXIV

LA MAISON DE BALZAC

CE QU'ELLE ÉTAIT

En 1787, l'auteur du *Guide des Amateurs et des Étrangers voyageant à Paris*, (Thierry) écrivait les lignes suivantes à la page 60 de cette publication :

« *Dans le corps de logis derrière cette chapelle* (la chapelle « Saint-Nicolas), *sont de petits appartements galamment* « *ornés...* »

Ce devait être, en effet, une construction bien galamment ornée que celle où Beaujon se reposait *dans une barcelonnette que balançaient deux charmantes berceuses en léger costume de nymphe à l'état de chrysalide, c'est-à-dire dans le plus simple appareil...*

C'était sans doute dans cette salle, qui existe encore, mystérieusement éclairée par les seuls jours percés dans les deux coupoles qui la recouvrent que Beaujon goûtait cet étrange plaisir.

L'architecte Girardin, à qui son client devait avoir donné un programme bien précis et bien détaillé, n'avait d'autre moyen d'éclairer cette salle, puisque toutes ses parois étaient occupées par des portes correspondant chacune avec des issues distinctes bien séparées les unes des autres et communiquant, soit avec une chambre, soit avec un couloir, soit avec un escalier conduisant ou aux mansardes ou aux sous-sols. — C'était cette espèce de labyrinthe que devaient parcourir les dames admises à concourir à l'honneur de balancer la barcelonnette de Beaujon. Quelles sensations devait éprouver celle qui, au lieu d'ouvrir la porte qui conduisait à la salle où Beaujon attendait, avait la malchance d'ouvrir celle qui l'amenait dans cette sorte d'oubliette placée directement au-dessous de la coupole où se trouvait la barcelonnette !

C'est peut-être aussi dans cette salle aux deux coupoles, que Beaujon, appelé en duel par un officier brutal, l'invita à un dîner somptueux avec des femmes charmantes, et où il lui dit : « Croyez-vous, Monsieur, qu'on « s'expose volontiers à quitter tout cela et cinq cent « mille livres de rentes ? Prouvez-moi que vous avez le « même sacrifice à faire et nous nous battrons tant que « vous voudrez. »

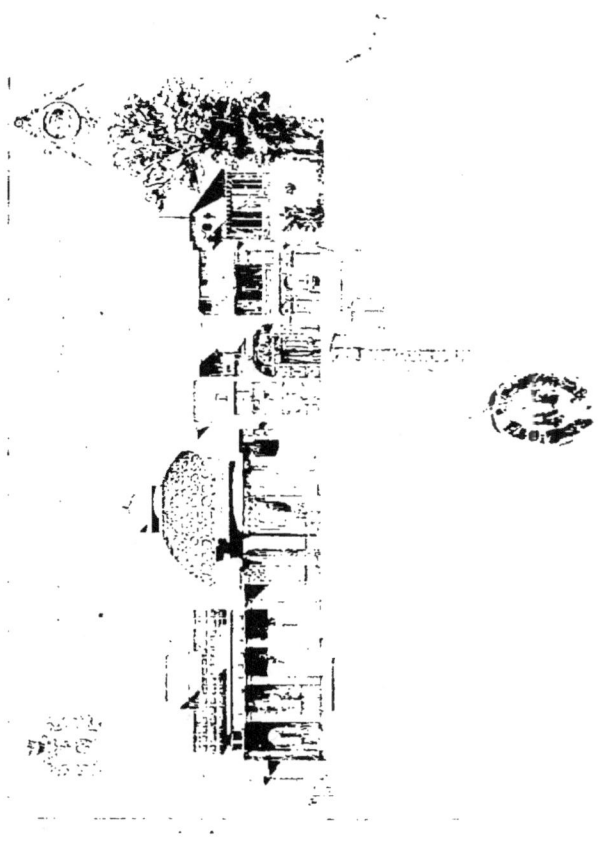

L'auteur cité plus haut (Thierry) signale une autre curiosité de cette construction, mais celle-ci a disparu :

« *On y verra avec plaisir et surprise, dit-il, celle (pièce)*
« *représentant un bosquet charmant au milieu duquel est pla-*
« *cée une corbeille de fleurs renfermant un lit. Quatre arbres*
« *dont la verdeur s'etend sur partie du plafond peint en ciel,*
« *semblent ombrager cette corbeille et supportent des draperies*
« *suspendues à leurs rameaux.* »

C'est après avoir donné satisfaction à de pareilles fantaisies que Beaujon, devenu vieux, songea à son salut. Dans ce but, il fit construire en 1780 la chapelle dans laquelle il fut inhumé à sa mort arrivée le 20 décembre 1786. Il était âgé de 68 ans. Girardin, qui avait donné les plans des petits appartements si galamment ornés dont il vient d'être parlé, fut aussi chargé de l'édification de la chapelle. On doit avouer que s'il avait montré beaucoup de talent dans l'architecture galante, il n'en montra pas moins dans l'architecture religieuse.

En 1784, Girardin, d'après les ordres de Beaujon continuant à songer à son salut, fit élever l'hospice qui porte le nom de ce financier et qui existe encore. — « *Ce fut d'abord une école gratuite, ouverte à vingt-quatre enfants des deux sexes, nés dans la commune du Roule alors séparée de Paris. Le gouvernement en a fait un hôpital.* » Beaujon avait donné à sa fondation les terrains, les bâtiments, la chapelle, les vases sacrés et une somme de vingt mille livres de rente, dotation princière pour le temps. Le testament du célèbre financier contenait en outre pour plus de trois millions de legs; mais contrairement à la promesse qu'il avait faite, dit-on, au comte de Provence, depuis Louis XVIII, de le faire son légataire, à sa mort la *Folie Beaujon* avec toutes ses dépendances fut vendue au receveur général des finances Bergerac. Un fournisseur l'acquit ensuite, puis elle tomba entre les mains de spéculateurs. En 1825, une société se constitua pour morceler les vastes dépendances de ce domaine; cette société fit tracer et ouvrir trois avenues qui furent désignées sous les noms de *Châteaubriand, lord Byron* et *Fortunée*, prénom de Mme Hamelin, la femme d'un des sociétaires. Cette rue fut depuis appelée rue Balzac qui l'habita et qui y mourut le 20 juin 1850.

Balzac, dit Théophile Gautier, occupait rue Fortunée dans le quartier Beaujon, moins peuplé qu'il ne l'est aujourd'hui, une petite maison mystérieuse qui avait abrité les fantaisies du fastueux financier. Du dehors, on apercevait au-dessus du mur une sorte de coupole repoussée par le plafond cintré d'un boudoir et la peinture fraîche des volets verts. Quand on pénétrait dans ce réduit, ce qui n'était pas facile, car le maître du logis se cachait avec un soin extrême, on y découvrait mille détails de luxe et de confort en contradiction avec la pauvreté qu'il affectait.

— Vous avez donc vidé les silos d'Aboulçasem? dîmes-nous en riant à Balzac.

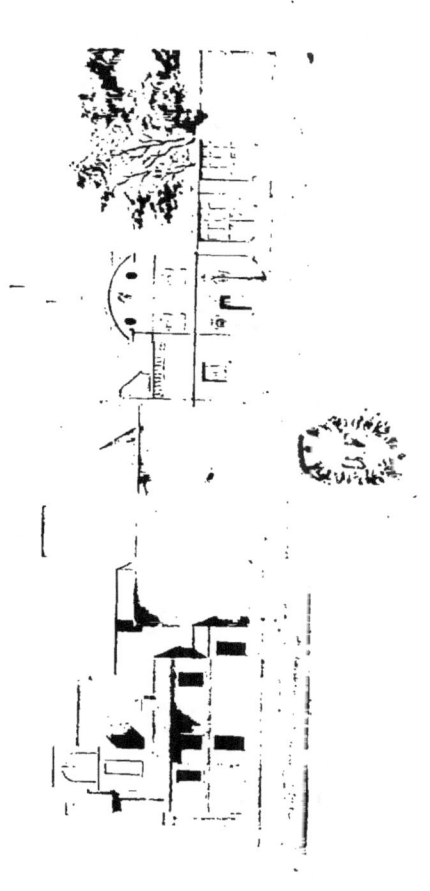

— Je suis plus pauvre que jamais, répondit-il en prenant un air humble et papelard, rien de tout cela n'est à moi, j'ai meublé la maison pour un ami qu'on attend. Je ne suis que le gardien et le portier de l'hôtel.

Le mystère s'expliqua bientôt par le mariage de Balzac avec la femme qu'il aimait depuis longtemps.

M. Bleuart, l'un des membres de la Société financière, fit ouvrir ensuite la rue du *Centre*, nommée aujourd'hui rue *Lamennais*, et la rue *Beaujon*. L'avenue Friedland y fut percée plus tard, sous le second empire.

CE QU'ELLE DEVAIT ÊTRE

En 1875, la veuve de l'auteur de la comédie humaine et son gendre le comte Georges de Mniszech commandèrent, à l'architecte qui écrit ces lignes, un projet d'aménagement de la partie de l'ancienne *Folie Beaujon*, qui était devenue leur propriété, de façon à l'approprier aux exigences de la vie moderne et de rappeler que c'était là que Balzac qui avait enfin réalisé son rêve, avait passé les plus heuseuses années de son existence.

Une bien minime partie de ce projet a été exécutée. C'est celle qui remplace la nef de l'ancienne chapelle

Saint-Nicolas et qui comprend le pavillon dont quelques dessins ont figuré au salon de 1883.

La rotonde du chœur n'a pas reçu les modifications arrêtées et qui devaient la transformer en une espèce d'atrium circulaire avec jet d'eau au centre et galerie avec treille au premier étage, le tout décoré de bustes, statues et différents objets d'art.

La cour d'entrée où les colonnes de la nef démolie ont été transportées n'a pas vu s'exécuter ni le porche sous lequel on devait descendre à couvert, ni l'hémycicle au centre duquel devait s'élever la statue de Balzac tout près de l'arbre dont il avait planté lui-même la semence le jour où avait eu lieu son mariage avec la comtesse Rzewuska. Cet arbre a été religieusement conservé. On le voit encore.

C'étaient là les seuls changements que devait subir à l'intérieur cette propriété.

Mais la façade sur la rue Balzac devait être complète-ment transformée et unifiée. Le pavillon central devait retracer, en quelque sorte, l'apothéose de Balzac. Un bas-relief monumental devait représenter la renommée couronnant l'immortel romancier, et au-dessus, une niche vide et flanquée à droite et à gauche d'ornements rappe-lant les formes funéraires du château d'Anet, faisait com-prendre que c'était là qu'il s'était éteint.

Mais des événements imprévus empêchèrent la conti-nuation des travaux pour l'exécution complète de ce

projet, et la mort de Mme de Balzac arrivée le 9 avril 1882 entraîna la vente de l'immeuble qui fut acquis par la baronne Salomon de Rothschild.

EUGÈNE MONNIER,

Architecte,

S. C.

P.-S. — Les armoiries figurées à droite et à gauche du titre des dessins exposés sont celles de Balzac et de Beaujon ; les armoiries au-dessus sont celles de très haute et très puissante dame épouse de Beaujon, née Bontamps, et celles de Madame de Balzac née comtesse Rzewuska.

E. M.

ALPHONSE LEMERRE, IMPRIMEUR.

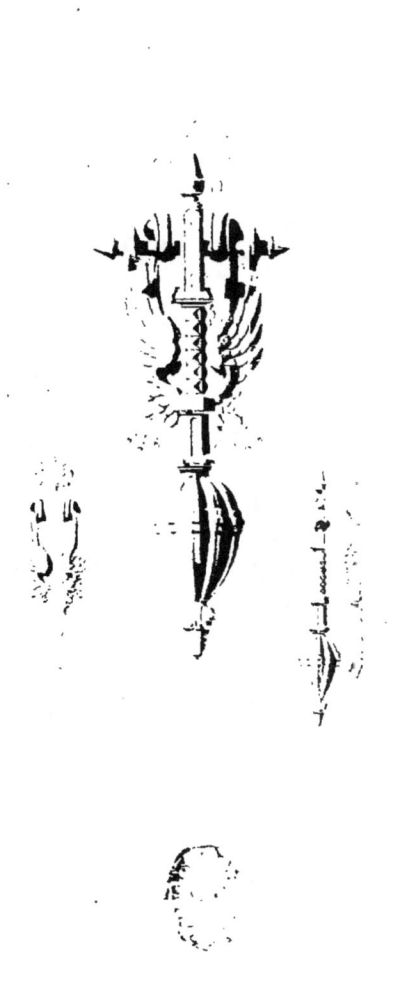

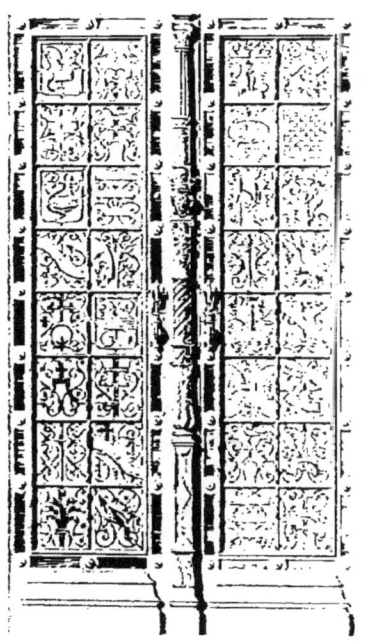

TABLE DES PLANCHES

CONTENUES DANS CE VOLUME

FIN DE LA TABLE DES PLANCHES
DE CE VOLUME.

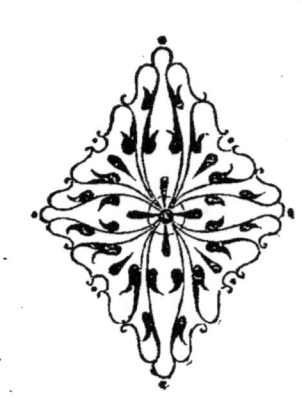

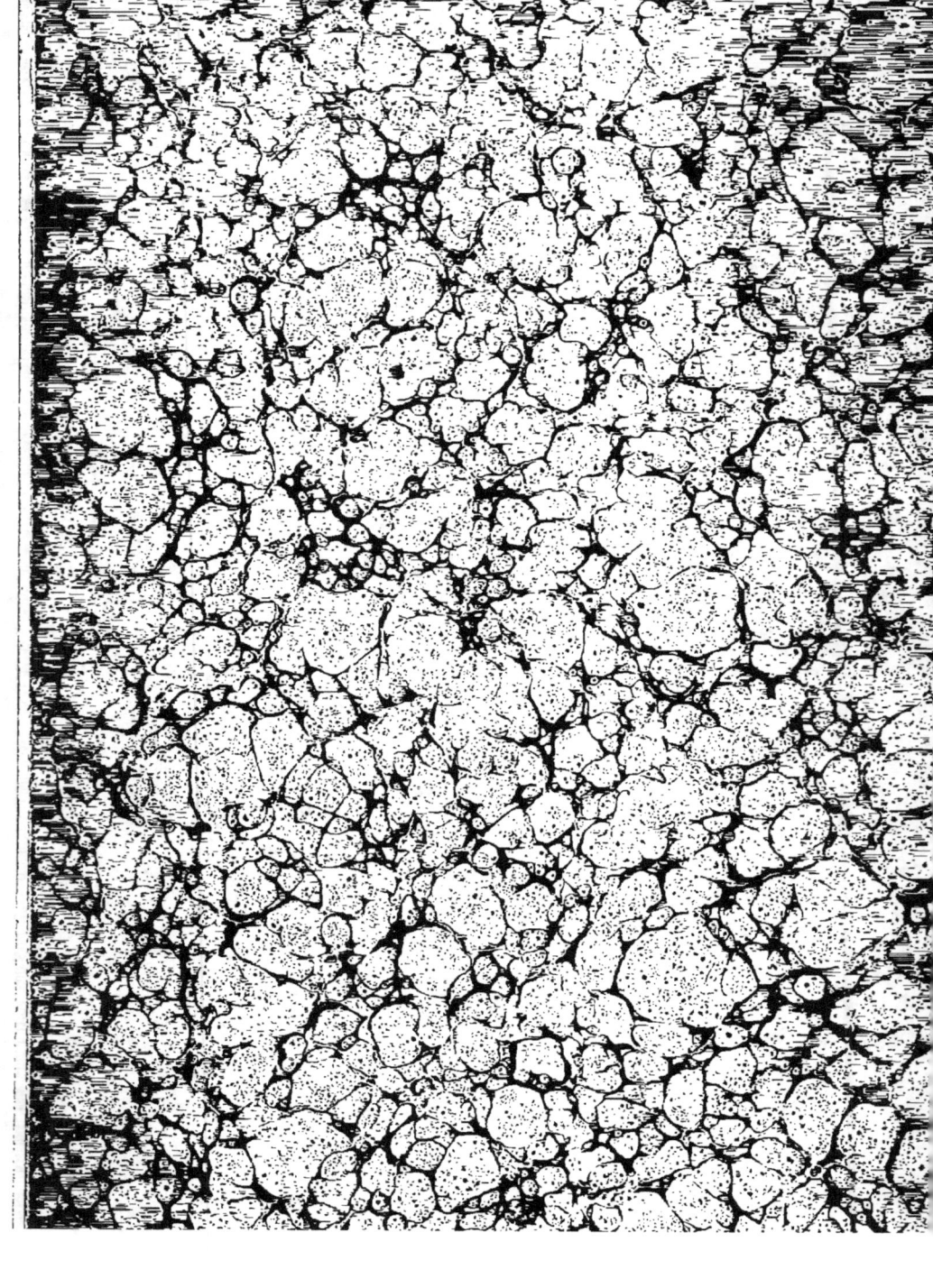

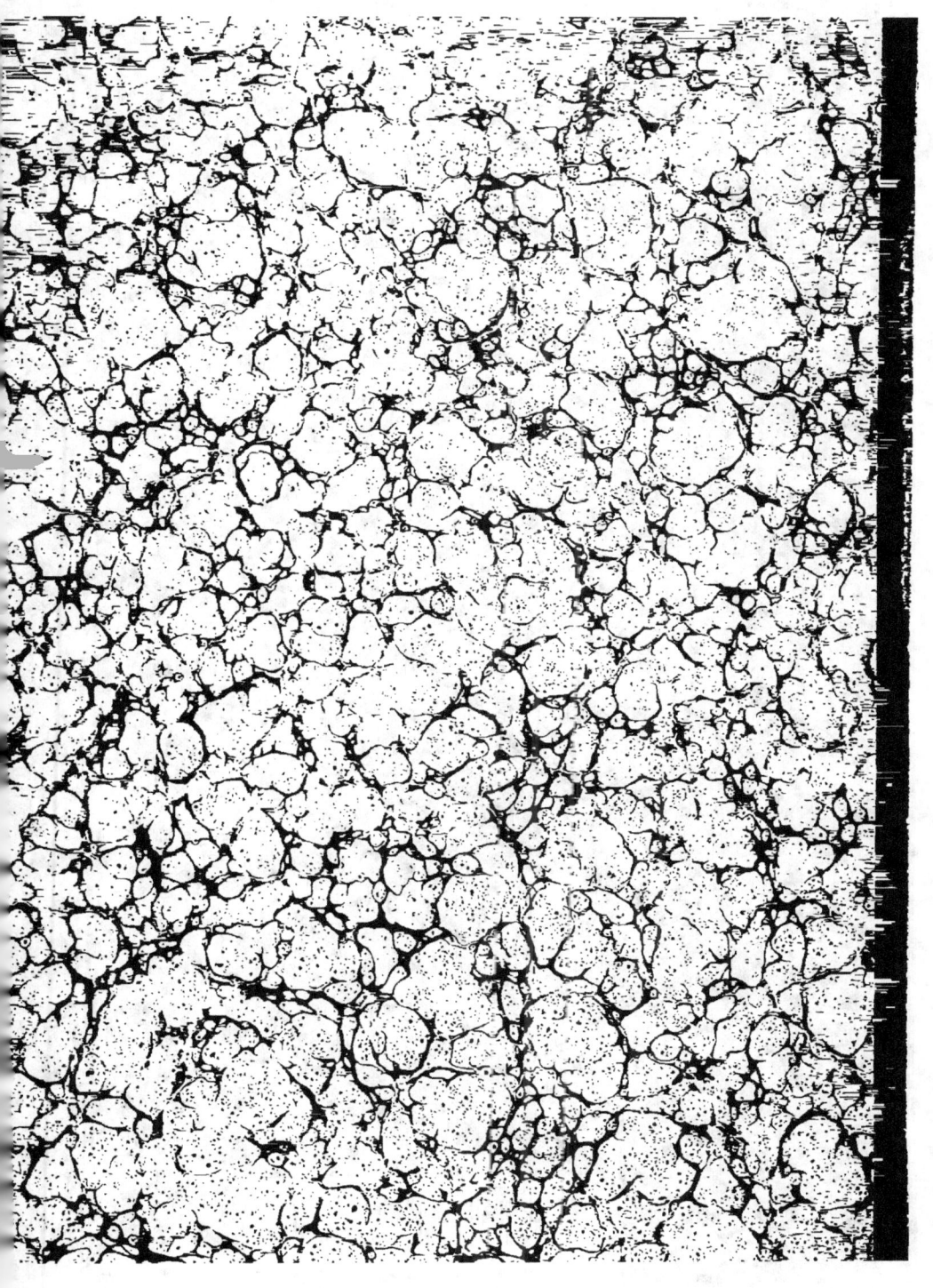